Henri-Louis Antheaume

Jeudi le 17 mars 1899

O déesse, j'étais un enfant quand tu vins
Pour la première fois baiser ma chevelure.
J'étais comme un avril en fleur. Nulle souillure
Ne tachait la fierté de mon cœur ingénu!...

Ces vers que le poète adresse à la Muse, notre mémoire les redisait lundi, quand nous conduisions notre jeune ami à sa dernière demeure.

Rarement printemps fut aussi fécond en promesses que le fut la jeunesse privilégiée de Louis Antheaume, rarement la mort a fauché plus riche floraison de qualités précieuses qui eussent donné des fruits rares.

La meilleure façon de parler d'un ami qui n'est plus, c'est d'en parler comme il désirerait qu'on le fît, s'il pouvait nous entendre.

Louis Antheaume n'aurait pu nier que s'appliquât à lui ce beau vers chaste qui peint merveilleusement sa haute et candide nature :

Nulle souillure
Ne tachait la fierté de mon cœur ingénu.

C'était un cœur d'élite, tout frémissant des nobles aspirations de la jeunesse, d'une distinction rare, plein de dessous charmants, d'originalité primesautière, exquise, que pouvaient seuls goûter les amis très intimes vers qui le portaient ses sympathies d'artiste fin et lettré.

La mort l'a emporté à 20 ans, tout enfant.

Il aimait les beaux vers et se nourrissait de cette fleur de l'esprit humain, comme l'abeille des fleurs de nos jardins.

« Je suis heureux, j'ai lu ce matin trois cents vers » nous disait-il parfois.

Lui-même excellait à ciseler des sentiments recherchés, des sensations vagues et fugitives, des pensers rares et quintessenciés, en vers impeccables. Il aimait les paysages idéals et voilés, les doux crépuscules, le frisson nocturne des feuilles, la plainte du vent d'hiver dans les arbres dépouillés, le soupir des harmonies lointaines, la mélancolie et les larmes des choses.

Il fit cette *Symphonie des Tristesses*, un vrai chef-d'œuvre, d'une harmonie si intense, si suggestive, d'une philosophie si pénétrante, qu'elle charma des maîtres étonnés de la précocité du poëte. C'est dans cette *Symphonie*, qu'associant la Lune « Reine au front pur » à une chère et douloureuse pensée, il s'écrie quand l'astre paraît :

Elle ! si douce aux cœurs secoués de sanglots,
Veilleuse des forêts, des déserts et des flots.

A genoux, fils pieux, qu'une même prière
Fasse gronder les chants de votre plainte amère.
C'est l'heure du repos, l'heure où les vents du soir
S'exhalent vers les cieux en parfums d'encensoir.

L'ombre pâlit, le vent se plaint, l'étoile pleure.

Pauvre cher petit ami, il y a quelque temps, avant qu'il s'alitât pour toujours, tous deux, à pas lents, par le beau soleil d'avril, nous avions monté la côte du pittoresque village de Fontaine-Riante et avions pris le chemin herbu qui ramène vers l'Hôpital-Général.

Pour la dernière fois, il revit alors son cher Provins dans un paysage, comme il les aimait, voilé d'une diaphane brume azurée ; pour la dernière fois, il revit sa chère Ville-Haute, la Tour de César, Saint-Quiriace, son bon Collège, sur son promontoire avancé...

Hélas ! il faisait de beaux rêves d'avenir et nourrissait de longs espoirs...

Un mois plus tard, il s'éteignait entouré de sa famille qu'il chérissait.

Ainsi va la vie.

Tout au moins, dans ces quelques lignes, avons-nous essayé de fixer l'esquisse d'une charmante, délicate et très originale figure provinoise qui, ardemment, pratiqua le culte du pays natal, des nobles idées et des beaux vers — nature choisie à laquelle il nous est particulièrement doux de rendre ces tristes devoirs et de consacrer un pieux souvenir.

A. VERNANT

(Feuille de Provins, 21 mai 1889)

Louis ANTHEAUME

« une de ces ivoireries indescriptibles composées de croissants, de sphères creusées les unes dans les autres, le tout droit comme un obélisque. »

FLAUBERT

DEUXIÈME FASCICULE

A. VERNANT

IMPRIMEUR-ÉDITEUR

PROVINS

—

MDCCCLXXXIX

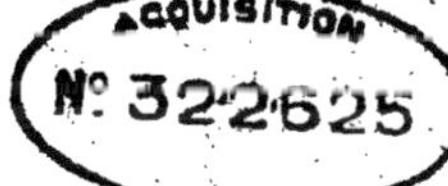

A

Léon DIERX

au

prestigieux évocateur

des

choses d'outre-vie,

en toute humilité.

L. A.

Février 1889

SUR LA GRANDE MER

A Jean Lahor

> Ariane, ma sœur ! de quel amour blessée
> Vous mourûtes aux bords où vous fûtes laissée.
>
> RACINE

Sur la grande mer inapaisée
Glisse, à travers la houle infrangible des flots,
Le funèbre vaisseau de Thésée,
Tandis qu'Ariane éclate en sanglots,
Les volutes sans frein dressent un labyrinthe
Où vont s'égarer comme au fond des bois
Le vaisseau funèbre et la sourde plainte
Qui fuit vers le rivage en courts abois.
La voix se gonfle, hélas! comme une voile ;
Puis se brise, s'afflige, irrite la douleur,
Avant d'exhaler sa belle âme en fleur
Sous le pâle cierge d'une étoile.
Un vertige de mort circule dans les airs.
Et les nappes de l'onde aux effrayants concerts
Apportent lentement sur le sable des grèves
Le lys inviolé des aurores trop brèves.
Vierge ! repose en cet oubli mystérieux
Sur ces bords visités, la nuit, par ma pensée.
Elle y viendra mourir comme toi, fiancée !
Lorsque ce mauvais songe aura fui de mes yeux.

L'ADORÉE

A Gustave Kahn

> Et le dormir suave au bord d'une fontaine...
> Il poursuit et déjà les antiques ombrages
> Mollement en cadence inclinaient leurs feuillages.
>
> CHÉNIER

Tout repose et s'endort. L'eau vive des bassins
Chante dans les jets d'eau tremblants sous la caresse
Des vents et des rayons tout chargés de paresse
Qui vont luire sur les velours noirs de coussins

Où j'imagine une légende en vieux dessins.
Là, couchée à demi sur l'or chaud de ses tresses,
Une vierge en ce bois dormant songe aux ivresses
Du réveil triomphal sonné par les buccins.

Les baumes sûrs : le nard, l'encens, l'ambre et la myrrhe
Enveloppent d'odeurs ces courbes qu'Il admire
Et font rêver d'un vase aux contours ignorés.

Il pleure de la voir si belle, sa Lénore !
Puis, sur les rythmes lents d'hymnes énamourés,
Fait prier en langueur sa viole sonore.

———

CIGARETTES

A J. K. Huysmans

SEMBLANTS .

Je veux retracer tour à tour
Au long de ces pâles tentures
Les plus fugitives peintures
D'un songe envolé sans retour.

Ce sont de frêles découpures
Sur une vapeur sans contour
Prenant la forme d'une tour
Et le ton d'anciennes guipures.

Puis, des fantoches voyageant
Par la nue au reflet changeant
Vers une impossible Cythère.

Les transparents de vapeur d'eau
Nous voilent-ils une autre terre ?
Maître, c'est notre Eldorado.

ENFANTS DE LATONE

Vous que brûle encor la chaude étincelle
Du songe enflammé qu'on n'a pu saisir....

DIERX

Au bord des sources transparentes
Mirez votre front soucieux
Où chante encor l'hymne pieux
Des enfants sans soucis ni rentes.

Pour vous, ô familles errantes,
Apollo guide au fond des cieux
Son char aux mobiles essieux
Frappé de lueurs fulgurantes.

Ayez belle humeur, vains jouets
Des yeux doux et fiers, ô bluets,
Que votre âme en tous lieux mendie.

Car voici venir pour longtemps
La bonne et rieuse Folie
Dans sa robe couleur du temps.

DEMI-TEINTES

Je préfère au riant matin
Les ors fauves du crépuscule
Et les opales de Catulle
Aux splendeurs du pays latin.

L'eau dans ses moires de satin
Offre l'image minuscule
D'un esprit qui toujours recule
La limite de son destin.

Que cette vie est monotone !
Bons Dieux ! ces nuances d'automne
Versent leurs philtres sur nos fronts.

Hé ! vidons toutes les bouteilles
Poëtes, joyeux biberons,
Puis dormons à l'ombre des treilles.

UNE MYSTÉRIEUSE

Un spectre fait de grâce et de splendeur
BAUDELAIRE

Quo properas Aurora ?
OVIDE

L'Aurore jaillit de la nue
Et verse aux cœurs ensorcelés
Maints poisons de ses feux voilés
Par une vapeur ingénue

Dont s'enveloppe, à sa venue
Sur l'escalier diamanté,
Une sylphide au corps vanté
Qui va le long de l'avenue

On veut croire silente, pour
Quelque incantation d'amour
Emplissant les ombres jalouses

Où naguère, un poing sur le flanc,
Tithon criait sur les pelouses :
Joli cœur, je suis ton galant !

AU DELA

—

Musique et Rêve
NOUVELLE DEVISE

J'adore ta beauté languide
A l'égal d'une eau qui s'endort
Entre ses joncs pailletés d'or
Sans qu'un souffle y plisse une ride.

C'est la chimère en chrysalide,
Le dictame et le réconfort
Ressaisi par un coup d'effort ;
Pauvre Iphigénie en Aulide !

Notre-Dame du pâle hiver
Entr'ouvre au profond de l'éther
Le huis clos des neuves chapelles

Où sonne d'un éclat moins dur
Que les harmoniques d'Apelles
Le Verbe inconnu de l'azur !

AIMABLES CHOSES

Pour vous donner le vague à l'âme
J'évoquerai dans un ravin
Quelque faune buveur de vin
Aux écoutes d'un cerf qui brame ;

Ou, quand la nuit au loin s'enflamme,
Amour lunant son arc en vain
Pour décocher un trait divin
Au cœur d'une très vieille femme.

Mais si d'un oublieux repos
Environnant vos yeux mi-clos
Tel dire émerveillait le rêve,

Je chantonnerais à mi-voix
La plainte des vents sur la grève
Et les berceuses d'autrefois.

PLEUX CÉLESTES

Pour Auguste Dorchain

Mainte pâle apparence au son de tes pipeaux
Enjoleurs, vieux Ronsard ! dans la nuit vaporeuse
S'agitent follement et mon âme fiévreuse
Craint de voir survenir ton fantôme sans os.

Ohé ! tôt revenez... gais pasteurs des troupeaux
Qui broutaient par ces pleux sur la terre pierreuse,
Revenez flageoler une églogue amoureuse
Puisque ce rythme est tendre et dispose au repos.

Ni la douce syrinx, ni les voix en déroute
De grands ormes ballans sur les bords de la route,
Ne peuvent contenter mes désirs gracieux.

Il faut, pour animer ces Jeux imaginaires
Qu'une voix musicale, à doux bruit vague aux cieux
Et chante alors d'amour vers les blancheurs lunaires.

NOTES DE CONVALESCENCE

A mon ami Louis Funck-Brentano

⁂

DERRIÈRE LE RIDEAU

C'est une idole enfumée
Au coin d'une cheminée
Qui ne fait rien que cracher.

RONSARD

J'ai roulé mon fauteuil auprès de la fenêtre
Sans aide, sans effort, car j'ai l'orgueil de n'être
Plus le convalescent impassible et fiévreux
Ne songeant qu'à pleurer l'épanchement séreux
Qui noyait un poumon de sa faible poitrine.
Heureux jour ! le soleil dore chaque vitrine,
Les passants vont flâner sur le bord des trottoirs,
Un troupeau de moutons qu'on mène aux abattoirs
Attire les regards des tendres jeunes filles :
Ecolières, enfants, couturières gentilles.
Le vieux Provins renaît sous d'autres cieux... les clercs
Pressés, les ouvriers, les bourgeois aux teints clairs,
Les chariots à bœufs chargés de betteraves
Circulent dans la brume avec des marches graves.
Et je pense qu'il fait meilleur au coin du feu :

Le ciel paraît si laid sous son capuce bleu !
C'est donc fini de rire et de gonfler les bulles
De son rêve en voyant briller les libellules
Sur le glacis des eaux. Nous n'irons plus au bois...
Les arbres pleins d'ennuis funèbres et de voix
Sont las de tordre aux vents leurs puissantes ramures.
La Voulzie à présent s'afflige en longs murmures...
Nous n'irons plus aux champs où blondoyaient les blés,
Car les champs sont déserts et les oiseaux gelés.
Nous n'irons plus cueillir les pavots de l'éteule...

Je suis frileux, je suis fatigué, je suis veule.

※※

INTIMITÉ

Vos quœritis ame, fratres carissimi,
quomodo itur ad paradisum ? Hoc
dicunt vobis campanœ monasterii ;
dando, dando.

Prédicateur BARLETTE

Mignonne, si tu veux, lis-moi ces chants d'amour.
Etant petit garçon, j'ai passé plus d'un jour
A butiner leurs vers ciselés dans le marbre
Le long de nos remparts, sous l'ombrage d'un arbre
Isolé dans un champ de bruyère et de thym
Près des bords gazonnés que baigne le Durteint.
Mais écoutons plutôt les cloches des églises
Entonner l'angelus... Sais-tu ce qu'elles disent :
Dando, donnez, qui donne aux pauvres prête à Dieu...
Dando, donnez, donnez vos sous pour le saint lieu...
Entends vibrer au loin comme vers des chaumières
Les tintements de cloche à cloche, les dernières
Fureurs du gros bourdon dans les vagues lointains.
Malheur ! le jour se sauve au fond des cieux éteints !
Et les oiseaux de nuit épouvantant l'espace
Tressaillent sur les toits à chaque bruit qui passe
Tandis que nous rêvons au milieu des parfums

Les anciens souvenirs de ces amours défunts.
Laissez mourir vos sons, pauvres cloches plaintives !
Anges, vierges, Jésus tremblent sous les ogives,
Et les chauves-souris vont heurter les vitraux
Quand l'horloge des tours fait tomber ses marteaux
Et sonne dans nos cœurs comme dans le silence.
Alors je songe aux souffrants, je mets en balance
Nos efforts, nos chagrins et nos afflictions -
Et ma rage s'épuise aux douces fictions.
Je songe aux vains espoirs dont notre âme se leurre,
Aux longs mois à passer, lentement, heure à heure
Avec le livre élu, sans gaité, sans courroux,
Car j'ai voulu pousser moi-même les verroux.
Bref ! tire le signet, mignonne, et qu'on se couche !
Les bras entrelacés, baisons-nous sur la bouche...
Entends battre mon cœur... tes yeux disent : Aimez.

Les beaux vers de Thibault nous ont-ils mieux charmés.

***

PARESSE

Quant à son temps, bien le sut dépenser
Deux parts en fit dont il souloit passer
L'une à dormir et l'autre à ne rien faire,

LA FONTAINE

Je reste quelquefois toute une après-dînée
Mollement allongé devant la cheminée :
La tête sur l'épaule appuyée, à demi
Sommeillant et les bras abandonnés parmi
Les oreillers, pieds joints sur une chaufferette.
Tout m'invite au repos : la lumière discrète
De la lampe nuance à mon gré les tapis
Et baise un angora, dont les yeux assoupis
Se mouillent, clignotants, d'une flamme mystique,
Un piano que frôle une main sans pratique
Chante dans les volets un vieil air de gala...
Ce pendant que mon corps engourdi s'affala.
Et mes tendres pensers s'en vont au clair de lune
Vers une allée où les feuilles sont mortes, l'une
Après l'autre ; ainsi d'eux ! ces jeunes vagabonds

N'ont crainte des follets ni des vents furibonds.
Et le beau temps n'est plus des tièdes nuits d'automne !
Les arbres échangeant leur plainte monotone
Sur un mode fluent affoleraient des loups...
Mais ils n'ont garde des hurleurs, ni des filous.
Ainsi mon esprit flotte et jase à l'aventure
Aux pays fabuleux où la calme nature
Paraît se pénétrer de toutes ces langueurs ;

Et je dors sans penser davantage aux voleurs.

DES YEUX

A Maurice Rollinat

Dans l'infernale nuit sifflant entre ses doigts
Vers les hautes forêts qu'emplissent tant de voix
Peureuses, le meneur des fauves se promène
En hâte, impatient, au seuil du noir domaine
Où, pêle-mêle, à pas de loups, comme des gueux,
S'en viennent les rôdeurs sombres des chemins creux.
Derrière le squelette anguleux se faufilent,
      Par groupes et par files,
Tant de formes dans l'ombre épaisse des taillis
Illuminés soudain par ces yeux de rubis
Qu'on dirait un flot noir ensemencé d'étoiles
Sous l'incommensurable azur calme et sans voiles.

ÉLÉVATION

A Georges Rodenbach

> « Seigneur, sans doute, ce gallant veult
> contrefaire la langue des Parisians ; mais
> il ne faict que escorcher le latin, et cuide
> ainsi pindariser. . . . »
>
> RABELAIS

Le mal était sans fin, sans remède et ses causes
Etaient obscurément comprises des humains
Par tribus dispersés au hasard des chemins
Et n'ayant point souci de ces aimables choses.

Il me plut de quitter ce lieu qui tient enclose
Une âcre pestilence où bombille l'essaim
Des grillons souffreteux épris d'un art malsain,
Puis seul de réviser leurs poëmes en prose.

Haut les cœurs ! ma Babel a de vastes degrés.
Pour atteindre à son faîte, esprits désespérés !
Il faut tenter l'envol furieux de la foudre.

Moi, penché sur l'abîme où je les vois surseoir,
Je laisse, par instants, mes yeux pressés d'absoudre
Filer comme une sonde au fond du gouffre noir.

INDEX

Prochainement :

LE TROISIÈME FASCICULE

à la même librairie

RUE DE LA CORDONNERIE, 17

A PROVINS (S.-&-M.)

www.ingramcontent.com/pod-product-compliance
Ingram Content Group UK Ltd.
Pitfield, Milton Keynes, MK11 3LW, UK
UKHW021618130726
13696UKWH00005B/1934